RATUS POCHE

COLLECTION DIRIGÉE PAR JEANINE ET JEAN GUION

Les fantômes de Mamie Ratus

Les aventures de Mamie Ratus

- Le cadeau de Mamie Ratus
- Noël chez Mamie Ratus
- Les parapluies de Mamie Ratus
- La visite de Mamie Ratus
- Le secret de Mamie Ratus
- Les fantômes de Mamie Ratus

 ISSN 1259 4652, ISBN 2-218 74386-8

Les fantômes de Mamie Ratus

Une histoire de Jeanine et Jean Guion
illustrée par Olivier Vogel

HATIER

Marou et Mina
Ratus, l'affreux rat vert

LES PERSONNAGES DE L'HISTOIRE
Mamie Ratus
Victor
Belo
le grand-père chat

1

Ce matin-là, Ratus a ouvert une enveloppe rose qui se trouvait dans son courrier :

Mon petit Ratounet tout vert,

La semaine prochaine, tu seras en vacances. Viens passer quelques jours chez moi, avec Marou et Mina. Vous vous amuserez bien. Tu m'as dit que Belo était un peu fatigué. Qu'il vienne aussi, il se reposera. Victor vous amènera dans sa nouvelle voiture.

Je te fais de gros bisous,

Ta Mamie

Ratus déchire vite la lettre :

— Ni vu, ni connu. Je dirai à ma grand-mère que 1
je peux pas y aller !

Mais les chats ont reçu, eux aussi, une lettre de Mamie Ratus. Marou et Mina sont heureux :

— Ta grand-mère nous invite à passer une semaine dans son château ! On va bien s'amuser.

Ratus se dit que Marou et Mina ne doivent pas savoir qu'il y a des fantômes dans la maison de Mamie Ratus. Alors, il se dépêche de faire peur aux chats :

— Moi, j'y vais pas, dit-il. Il y a des fantômes chez ma grand-mère !

Marou et Mina regardent Ratus avec étonnement.

— Des fantômes ? Mais ça n'existe pas ! dit Mina.

— Oh, si ! Les fantômes de ma grand-mère, ils existent. Ce sont de vrais fantômes !

— Un fantôme, c'est seulement du vent, réplique Marou. Avec un drap dessus ! Tu n'as quand même pas peur d'un drap de lit ?

Ratus ne répond pas et se contente de grogner. Mina a un petit sourire amusé :

— Je ne crois pas à tes fantômes !

— Les fantômes, on en voit juste à la télé et au cinéma ! ajoute Marou.

— Peut-être, dit Ratus, mais on en voit aussi chez ma grand-mère !

Marou et Mina éclatent de rire.

— J'ai pas peur des fantômes, bougonne le rat vert. Mais je veux pas y aller quand même !

Quant à Victor et Belo, ils n'ont pas très envie de passer leurs vacances chez Mamie Ratus. Ils avaient prévu d'aller à la pêche. Mais comme Marou et Mina insistent, ils acceptent, juste pour leur faire plaisir.

— Alors, tu ne viens pas avec nous ? demande Victor à Ratus.

Le rat vert fait semblant de ne pas entendre. Il est de mauvaise humeur. Il sait bien qu'il ira chez sa grand-mère, puisque Mina et tous les autres y vont. Il ira, malgré les fantômes…

2

La nuit est tombée quand la voiture de Victor arrive devant la maison de Mamie Ratus. C’est une sorte de petit château, comme on en voit dans les histoires de sorcières : des tours se découpent sur le ciel éclairé par la lune, les ombres des arbres font frissonner le jardin. 2

Au bruit du moteur, Mamie Ratus est sortie sur le perron : 3

— Oh ! monsieur Victor, je suis contente de vous voir ! Et monsieur Belo ! Nous allons passer quelques jours merveilleux.

Mamie Ratus fait une bise à Marou et à Mina.

— Où est donc mon petit Ratounet tout vert ? demande-t-elle.

C’est Mina qui répond :

— Il est resté dans la voiture. Il ne veut pas descendre…

Quelle est la maison de Mamie Ratus ?
1
2
3

— Que se passe-t-il ? demande Mamie Ratus, inquiète. Il est malade ?

— Non, dit Mina. Il a peur. Il dit qu'il y a des fantômes dans votre château.

Mamie Ratus hausse les épaules :

— Quel froussard ! Bien sûr qu'il y a des fantômes chez moi. Mais mes fantômes ne sortent qu'à minuit, et il est à peine sept heures !

Du fond de la voiture, Ratus regarde sa grand-mère d'un œil méfiant. 4

— Pourquoi tu dis « mes » fantômes ? Ils sont à toi ?

— Évidemment, dit Mamie Ratus. Les fantômes qui sont chez moi sont à moi !

Ratus se tasse sur son siège. 5

— Je veux rentrer !

— N'aie pas peur ! Ils ne sont pas méchants. Ce sont les fantômes de mes anciens maris…

À ces mots, Belo et Victor se regardent, l'air inquiet. Le grand-père chat souffle à l'oreille du gros chien :

— Tu crois que c'est vrai ?

— Je ne sais pas, répond Victor à voix basse. Ratus a peut-être raison. Si on s'en allait ?

Mamie Ratus a entendu. Elle se retourne vers Belo, les sourcils froncés :

— Vous n'allez tout de même pas écouter cette mauviette qui a peur des fantômes, non ? Vous, des 6
hommes si forts…

Belo regrette de s'être laissé entraîner chez Mamie Ratus. Il savait pourtant que la vieille dame n'a pas un caractère très facile. Il se dirige à reculons vers la voiture. Il bafouille :

— On ne peut pas forcer Ratus… Nous allons le ramener chez lui…

Mamie Ratus est furieuse. Elle ne les a pas invités pour rien. Elle a des projets, et elle les réalisera. Personne ne l'en empêchera. Elle gronde :

— Allez, tout le monde entre ! C'est l'heure de la soupe. À table !

Et elle emmène de force ses invités dans son château. Elle ferme la porte à clé derrière elle, en laissant Ratus seul dans la voiture. Le pauvre rat vert transpire, claque des dents, essaie de se faire tout petit. Il se blottit sous la couverture qui recouvre le siège, la tire sur sa tête, mais, aussitôt dessous, pousse un cri déchirant et sort de la voiture comme un diable sort de sa boîte. Il court, se précipite par une fenêtre du couloir qui était restée ouverte et vient se cogner le crâne dans les jambes de Victor :

— Il y a... un... un fff... un fff... un fantôme dans la voiture...

— Impossible ! dit Mamie Ratus. Il ne peut pas y avoir de fantôme puisque ce n'est pas encore l'heure !

— Si, si ! proteste Ratus. Sous la couverture. Il a voulu me tirer les oreilles... C'était un fantôme invisible. Je l'ai vu !

3

Ratus a fini par s'asseoir à table. Il regarde son assiette comme s'il s'attendait à voir une image de fantôme émerger tout à coup de sa soupe. Il ne 7
mange pas.

Belo essaie de le rassurer :

— Tu sais, un fantôme, c'est seulement un drap et du vent… Le vent pousse le drap…

— C'est pas vrai, dit Ratus. Un fantôme, ça fait peur. Et ça fait un bruit bizarre. J'en ai vu à la télé, dans des films…

Mamie Ratus, elle, mange de bon appétit. Son dessert terminé, elle s'essuie la bouche et déclare :

— Il se fait tard. J'ai sommeil ! Fantômes ou pas fantômes, la nuit, c'est fait pour dormir. Bonne nuit, tout le monde !

— Je ne veux pas dormir ici ! dit Ratus. Je rentre chez moi !

Par quels mots commence la formule magique de Mamie Ratus ?

Il se lève et se dirige vers la porte.

— Et tu vas traverser la forêt à pied ? demande
Mamie Ratus d'un ton moqueur... Il ne faut pas
avoir peur des fantômes ! Moi, j'ai une formule
magique pour les apprivoiser. Quand je vois des 8
fantômes, je la récite. Et ils deviennent gentils. Je
vais te la dire.

Mamie Ratus prend son souffle et se met à déclamer :

— Hakounamatata ! Si tu es un fantôme, polé-polé ! réponds à ma question...

Le rat vert reprend de l'assurance. Il dit, presque 9
joyeux :

— C'est pratique ! Répète un peu ta formule, que je l'apprenne...

Mamie Ratus récite lentement :

— Hakounamatata ! Si tu es un fantôme, polé-polé ! réponds à ma question...

Ratus, Marou et Mina reprennent en chœur : 10

— Hakounamatata ! Si tu es un fantôme, polé-polé ! réponds à ma question...

Une demi-heure plus tard, tout le monde est couché. On entend Mamie Ratus qui ronfle déjà. Belo lit les aventures d'Achille le robot avant de s'endormir. Victor s'est glissé dans son grand lit après avoir fait quelques exercices de culture physique. Quant à Marou, Mina et Ratus, ils sont cachés sous leurs draps ! Ils récitent la formule magique pour bien la retenir :

— Hakounamatata ! Si tu es un fantôme, polé-polé ! réponds à ma question…

4

Lentement, comme si elle prenait son temps, la grosse pendule du salon sonne minuit. Le douzième coup semble plus grave que les précédents. Dans son lit, Ratus ne dort pas. Il a compté tous les coups :

— Et de douze ! murmure-t-il. Hakounamatata ! Hakounamatata !

Depuis qu'il est couché, il répète ces mots, de peur de les oublier.

Il se lève doucement et entrouvre la porte de sa
chambre. Un rayon de lune éclaire le couloir et
projette sur les murs l'ombre inquiétante des 11
meubles. Un courant d'air le fait frissonner. Il voit
une fenêtre restée ouverte. Les rideaux ondulent 12
lentement… Ce sont peut-être des fantômes qui
jouent à cache-cache…

Comme il baisse les yeux pour chercher des

pieds de fantômes, Ratus entend un long cri qu'il ne connaît pas. Une sorte de plainte. Une chouette, peut-être ? Puis, tout à coup, un autre cri. Et encore un. Et d'autres encore. comme si une douzaine de
chouettes hululaient en même temps... Il aperçoit 13
une tache blanche, là-bas, au fond du couloir. Et une autre. Et encore une autre... Ce sont les fan-
tômes ! Ils avancent à la queue leu leu, lentement, 14
péniblement...

Le premier fantôme se dirige vers Ratus. Arrivé en face de lui, il s'arrête et tous les autres en font autant. Le rat vert récite aussitôt sa formule magique :

— Hakounamatata ! Si tu es un fantôme, polé-polé ! réponds à ma question...

Immobiles, les fantômes regardent Ratus. Ils attendent.

— Alors, elle vient, ta question ? finit par demander le plus vieux des fantômes.

— Euh... T'as pas un morceau de fromage ? demande le rat vert qui ne trouve pas d'autre question à poser.

À ces mots, tous les fantômes se mettent à parler en même temps :

Qu'est-ce que Ratus demande aux fantômes ?

— Du fromage ! Du fromage ! Il veut du fromage !

— On ne mange plus de fromage quand on est fantôme ! soupire le plus vieux.

— On ne mange même plus du tout ! dit un autre d'un ton résigné. 15

Ratus ouvre de grands yeux. Devant lui, les fantômes se sont mis à discuter. Ils se plaignent :

— Ah ! mon bon monsieur, si vous saviez comme c'est triste d'être un fantôme !

— Mais, remarque tout à coup l'un d'eux, vous n'êtes pas un monsieur. Vous êtes un rat ! Vous êtes même un rat vert…

Puis tout à coup, le fantôme réagit, comme si la mémoire lui revenait brusquement :

— Mais c'est Ratus !

Il se tourne vers ses collègues : 16

— Hé ! vous autres ! Taisez-vous un peu et regardez ! C'est Ratus qui est ici. Le fils de mon fils !

La discussion reprend aussitôt :

— Ah, pardon ! dit un fantôme. Ratus est le fils de mon fils à moi !

— C'est faux ! dit un autre. Ratus est mon petit-fils à moi.

Le ton monte. Les fantômes se regardent de 17
travers. À voir leurs draps s'agiter, on devine qu'ils sont prêts à se battre. Ils veulent tous être le grand-père de Ratus.

— Ratus est mon petit-fils à moi ! hurle un fantôme qui a une grosse voix. Et j'en ai la preuve !

Tous les autres fantômes s'arrêtent de parler.

— Quelle est cette preuve ? demande un petit fantôme.

— Ratus a l'oreille découpée, comme la mienne.

— Menteur ! crient d'une seule voix une dizaine de fantômes. Nous aussi, nous avons l'oreille découpée.

Là, Ratus intervient :

— Arrêtez de vous chamailler ! Vous voulez tous 18
me ressembler. Vous n'avez qu'à montrer vos oreilles et on verra bien qui est mon grand-père !

— D'accord ! disent les fantômes.

Mais quand ils soulèvent leur drap, tous en même temps, un violent courant d'air fait claquer la fenêtre et tous les fantômes disparaissent comme par enchantement. Le couloir est maintenant vide.

Un bruit de pas fait sursauter Ratus. C'est Mina.

— Qu'est-ce que tu fais dans le couloir ? demande

la petite chatte.

— J’ai vu les fantômes, répond Ratus. Je leur ai même parlé.

Mina le regarde d’un œil incrédule : 19

— C’est vrai, ce que tu racontes ?

— Bien sûr que c’est vrai ! Je te raconterai tout demain, parce que maintenant, j’ai sommeil. Hakounamatata ! je m’en vais dans les draps, polé-polé ! dormir sur l’oreiller.

5

Le lendemain matin, le rat vert parle des fantômes tout en trempant une tartine de fromage dans son cacao. Il s'adresse à Mamie Ratus :

— Ils sont drôles, tes fantômes ! Mais ils sont un peu bêtes. Ils ont oublié qu'ils n'ont plus d'oreilles...

Et ça le fait rire !

— On ne parle pas la bouche pleine ! dit sévèrement la grand-mère rate. Et sois poli, parce que ce sont mes douze maris.

— Vos douze maris ! s'exclame Victor.

— Ils veulent tous me ressembler, explique Ratus.

— C'est vraiment curieux, soupire Mamie Ratus, songeuse. Moi, je n'arrive pas à leur parler. Dès que je veux leur dire quelque chose, ils disparaissent et le couloir est vide...

— Ils ont peur de vous, dit Belo en riant.

Qui a déjà pu parler à un fantôme ?
11
12
10
13
14
15

La grand-mère rate ne sait pas si elle doit se fâcher ou être flattée.

— J'aimerais pourtant bien leur dire un petit mot gentil. Après tout, ce sont mes anciens maris…

— Je vous comprends, dit Belo. Mais les fantômes ont toujours peur des vivants.

— Je n'ai jamais pu parler à des fantômes, moi non plus, ajoute Victor en terminant son assiette de saucisses.

Mamie Ratus devine que Victor et Belo disent tout cela par gentillesse. Elle a un large sourire reconnaissant :

— Vous êtes gentils, tous les deux. Vous feriez des maris exceptionnels…

À ces mots, Victor et Belo ont saisi leur bol de lait et le vident avec application.

— C'était très bon ! dit Victor.

— Je crois qu'il va faire beau ! ajoute Belo, en regardant par la fenêtre.

Mais Mamie Ratus suit son idée :

— Je crois que je vais vous épouser tous les deux… tous les deux ensemble.

Belo en lâche le bol qu'il s'apprêtait à reposer sur la table.

— Mais ce n'est pas possible ! dit le grand-père chat.

— Et pourquoi pas ? demande Mamie Ratus.

— Mais c'est interdit d'avoir deux maris à la fois ! répond Victor.

— Pas du tout, affirme Mamie Ratus. Il y a des pays où un mari peut avoir deux femmes à la fois. Alors, pourquoi pas deux maris pour une seule femme ?

Victor et Belo en restent muets.

— Et ça ne m'est encore jamais arrivé d'avoir deux maris en même temps ! ajoute Mamie Ratus, ravie à cette idée.

Belo et Victor sont très gênés :

— Mais je ne veux pas me marier, dit gentiment le grand-père chat.

— Moi, dit le gros chien, je vous rendrais malheureuse : je vous obligerais à faire des poids et haltères, de la course à pied et toutes sortes de sports fatigants…

— Taratata ! coupe Mamie Ratus.

Puis elle ajoute d'une voix ferme :

— D'ailleurs, je n'ai pas le choix. Je suis obligée d'épouser deux maris à la fois…

Et Mamie Ratus pousse un profond soupir :

— Vous comprenez, mon prochain mari sera le treizième. Et treize, ça porte malheur. Alors si je prends deux maris à la fois, j'en aurai quatorze. Il n'y aura pas de numéro treize !

Puis elle conclut :

— Et il y a beaucoup de travail dans une grande maison comme la mienne : le jardin, la cuisine, la vaisselle, la lessive, les courses, le toit à réparer... Il me faut bien deux maris pour faire tout ça !

Victor et Belo se regardent, inquiets :

— Bon, on a prévu d'aller à la pêche, aujourd'hui, dit le gros chien.

Mamie Ratus se lève et montre une caisse d'outils, dans un coin de la pièce :

— Avant d'aller à la pêche, j'ai un petit service à vous demander...

Et c'est ainsi que, toute la journée, Victor et Belo réparent le toit de Mamie Ratus. Tandis qu'ils travaillent, sur sa chaise à bascule, la grand-mère rate rêve à des princes charmants. Un peu plus loin, Ratus, Marou et Mina réfléchissent à un plan qui leur permettrait de sauver Victor et Belo.

— Si on demandait aux fantômes de nous aider ? propose soudain Ratus.

Quelle photo de Victor et Belo a été prise pendant leurs vacances chez Mamie Ratus ?

6

Comme le douzième coup de minuit sonne à l'horloge du salon, le vent se met à souffler dans le couloir et à faire bouger les rideaux. Ce sont les fantômes qui arrivent. On dirait qu'ils sont pressés. Ils s'arrêtent en face de Ratus, surpris qu'il ne soit pas seul.

— Vous pouvez parler devant eux, explique le rat vert. Ce sont mes copains. Il n'y a pas de secret entre nous…

Mais les fantômes ne disent rien.

— Alors, vous vous décidez à parler, oui ou non ? insiste le rat vert.

Mais les fantômes restent muets comme des poissons. C'est Mina qui réagit la première. Elle dit à l'oreille de Ratus :

— La formule magique…

— Ah oui ! s'exclame le rat vert.

Et il récite :

— Hakounamatata ! Si tu es un fantôme, polé-polé ! réponds à ma question…

Puis il ajoute sa question :

— Vous connaissez bien Mamie Ratus ?

Aussitôt, les fantômes se mettent tous à parler en
même temps. C'est une vraie cacophonie. On ne 21
comprend rien à ce qu'ils disent.

— Taisez-vous ! crie Ratus. Parlez chacun à votre tour.

Les fantômes commencent par ronchonner, puis se calment. Le plus vieux prend la parole :

— C'est moi qui dois parler. Je suis le plus ancien mari de Mamie Ratus ! Un jour, elle a voulu que je me déguise en Père Noël et que je passe par la cheminée. Je suis tombé du toit et voilà pourquoi je suis devenu un fantôme.

— Moi, dit un petit fantôme tout rond, elle m'avait interdit de manger du fromage parce que ça me faisait grossir. Privé de fromage, je suis tombé malade… Je n'ai pas supporté…

Et le petit fantôme tout rond se met à pleurer.

— Je vous comprends, dit Ratus. Ça doit être terrible d'être privé de fromage !

— Moi, je suis tombé dans la rivière en lavant le linge de Mamie Ratus, explique un fantôme qui devait être très maladroit.

Et tous les fantômes racontent leurs malheurs avec Mamie Ratus. Quand ils ont terminé, Mina et Marou sont très inquiets :

— On ne peut pas laisser Belo et Victor devenir les esclaves de Mamie Ratus ! Ils ont déjà passé toute la journée sur le toit...

— Les pauvres ! disent les fantômes en chœur.

— Mais ils n'avaient qu'à pas venir ! ajoute un fantôme grognon.

— Soyez gentils, aidez-nous à les sauver, supplie Mina.

— On a une idée, explique Ratus. Pour empêcher que Belo et Victor deviennent les nouveaux maris de Mamie Ratus, c'est tout simple : il n'y a qu'à lui trouver un autre mari...

— Personne ne voudra épouser Mamie Ratus, dit un petit fantôme qui raconte qu'elle lui donnait des coups de balai pour lui apprendre à faire le ménage.

Le plus grand fantôme lève le doigt. De son vivant, il était instituteur et Mamie Ratus le martyrisait en lui faisant faire des dictées tous les 22 mercredis et tous les dimanches, sous prétexte qu'il n'était pas champion du monde en orthographe. Il dit :

— Moi, je connais un mari possible pour Mamie Ratus.

Un silence accueille cette étonnante nouvelle, puis les questions fusent : 23

— Un rat comme elle ?

— Un chat comme Belo ?

— Un chien comme Victor ?

— Non, un écrivain.

— Un écrivain ! s'exclame Marou.

— Qu'est-ce qu'il écrit ? demande Mina.

— Des tas de choses ! répond le fantôme en faisant un geste vague.

— Mais c'est très bien, s'écrie le rat vert, tout joyeux. Ma grand-mère adore les histoires.

— Il n'écrit pas d'histoires, dit le fantôme.

— Alors c'est pas un vrai écrivain, dit Ratus.

Le fantôme hausse les épaules :

— Pour dire la vérité, il fait écrire les autres à sa place, mais il dit que c'est lui qui écrit…

Mina est très choquée :

— Mais comment le sais-tu ?

Le fantôme instituteur propose un mari pour Mamie Ratus. Quel est son métier ?

Le fantôme explique :

— Comme je suis fantôme, je peux passer à travers les murs et me promener chez les gens. Ils ne me voient pas. Mais moi, je les vois... Et je sais tout !

— Ma grand-mère n'en voudra sûrement pas ! dit le rat vert. Elle voudra un vrai écrivain.

— Elle n'en saura rien, dit le fantôme. On ne le dira pas !

Mina regarde le fantôme d'un œil soupçonneux : 24

— Et pourquoi veux-tu marier ce faux écrivain à Mamie Ratus ?

— Ça, c'est mon secret.

Tout le monde s'est rapproché du fantôme insti-
tuteur. En l'entendant donner ses instructions, 25
Ratus se frotte les mains :

— Qu'est-ce qu'on va rire ! dit le rat vert.

Là-dessus, on se sépare, le temps d'aller chercher le matériel nécessaire à la réalisation du plan qui doit sauver Victor et Belo.

7

Vers deux heures du matin, Marou, Mina, Ratus et les fantômes se retrouvent dans la chambre du rat vert. Le fantôme instituteur pose un livre sur la table et explique :

— C'est un livre de Phisto, notre écrivain. Ça s'appelle *J'aime la grammaire*.

— Ma grand-mère ne lit que les histoires d'amour, dit Ratus. Et elle regarde surtout les images !

— On va corriger un peu le titre, explique le fantôme, et ça fera *J'aime la grand-mère*.

— Il n'y a pas d'images ! dit Marou en feuilletant le livre. Il y a juste des traits dans tous les sens et beaucoup de bulles.

Ratus regarde à son tour :

— Mais ça ne veut rien dire !

— Peut-être, dit le fantôme, mais ça fait savant !

Ratus réfléchit en se grattant la tête :

— J'ai une idée : on dira que c'est des formules magiques que les sorciers récitent pour les mariages !

— Tu crois que ça va marcher ? demande Marou.

— Bien sûr ! affirme le rat vert. Ma grand-mère sera très contente.

Le fantôme instituteur se charge d'écrire et l'on voit son stylo courir tout seul sur le papier :

Chère Mamie Ratus,

J'ai l'honneur de demander en mariage la ravissante grand-mère que vous êtes, véritable Cendrillon des rates.

Votre prince charmant qui rêve de devenir votre nouveau mari,

Phisto , écrivain.

Mina lit la lettre à haute voix.

— Ça ne suffira pas, dit Ratus. Il faut dire qu'il est encore plus beau qu'un prince charmant, sinon ma grand-mère préférera Victor et Belo. On devrait ajouter une phrase à la fin.

Le fantôme approuve :

— C’est une bonne idée. On pourrait dire qu’il est fort…

— Il ne peut pas être plus fort que Victor ! fait remarquer Ratus.

— Alors, on peut ajouter qu’il est poilu…

Et le fantôme propose ce post-scriptum : 26

P.-S. : Je suis fort et poilu comme un aventurier.

Mina fait la grimace :

Je trouve que ça ne va pas du tout. Il ne faut pas dire qu’il est poilu.

Tous les fantômes réfléchissent.

— Ça y est, j’ai trouvé ! fait tout à coup le petit fantôme tout rond.

Et il dicte au fantôme instituteur :

P.-S. : Ma maman dit que je suis le plus beau.

— Ça, c’est très bien, dit Ratus. Ma grand-mère va adorer.

Mina relit la lettre, puis la donne à l’un des fantômes :

— Va glisser ça sous l’oreiller de Mamie Ratus. Quand elle se réveillera, elle la trouvera…

8

Le lendemain matin, en se réveillant, Mamie Ratus voit une enveloppe qui dépasse de son oreiller. « Un billet doux ? » se dit la grand-mère, ravie. 27

Elle lit la lettre, puis se précipite dans la chambre de Ratus et le secoue :

— Réveille-toi ! On me demande en mariage !

Le rat vert fait semblant de lire la lettre qu'il connaît par cœur.

— Qui c'est, ce monsieur Phisto ? demande Mamie Ratus. Tu le connais ?

— Bien sûr ! dit le rat vert. Il est très connu. C'est un savant.

— Je n'aime pas les savants, grogne Mamie Ratus. Ils veulent toujours avoir raison.

— Oui, mais celui-là, il est grand, il est beau, il écrit des livres et il est gentil avec sa maman.

D'après Ratus, quelles sont les quatre qualités de Phisto ?

Nom : PHISTO

Prénom : Georges

Né : il y a longtemps, à Pompeval

Signature du titulaire :

Phisto

Taille, qualités et signes particuliers :

23 **grand**

24 **courageux**

25 **poilu**

26 **beau**

27 **bronzé**

28 **écrit des livres**

29 **gentil avec sa maman**

30 **plus fort que son papa**

Domicile : rue des coffres, à Pompeval

Fait le 1er avril 1993
par la préfecture de Ratefontaine

Le Chef du Bureau 387
Anatole MODESTE

Anatole Modeste

— Tout ça pour un seul homme ? s'étonne Mamie Ratus.

— Oui, oui ! affirme le rat vert.

Mamie Ratus s'est assise pour mieux rêver. Un sourire de jeune fille illumine son visage ridé de grand-mère.

— J'aimerais bien lire un de ses livres…

— Justement, Mina en a un, dit Ratus. Il a dû l'écrire pour toi parce que ça s'appelle *J'aime la grand-mère…*

— Merveilleux… soupire Mamie Ratus.

— Et c'est plein de formules magiques, continue le rat vert.

— Merveilleux… soupire encore la grand-mère. Et qu'est-ce qu'elles disent ces formules magiques ?

— C'est pour les mariages, je crois…

— Merveilleux… mon treizième mariage, le voilà…

— Tu demanderas le livre à Mina.

— Merveilleux… ce n'est pas la peine… des formules merveilleuses et magiques… pour mon treizième merveilleux mariage…

Et Mamie Ratus sort de la chambre de son petit-fils. Elle traverse le couloir sans voir Belo qui la salue d'un air gêné, persuadé qu'il est encore condamné à devenir, avec le pauvre Victor, son treize-quatorzième époux.

— Qu'est-ce qu'elle a ? demande le grand-père chat au rat vert.

— Je crois qu'elle est amoureuse, explique Ratus.

— Et de qui ? demande Belo, de plus en plus inquiet.

— Dc Phisto, lc grammairien. 28

— Ah ? Et elle va l'épouser ?

— Oui, répond simplement Ratus. Elle va l'épouser tout à l'heure.

Belo ne cherche même pas à comprendre. À l'idée que Mamie Ratus épouse Phisto, il est tellement heureux qu'il sc précipite en levant les bras au ciel dans la chambre de Victor :

— Youpi ! crie le grand-père chat en dansant de joie, ce n'est pas nous. Elle va en épouser un autre. On est sauvés !

9

Vers midi, on sonne à la porte de Mamie Ratus. C'est Phisto. Il a mis un costume et une cravate. Il porte un petit cartable à la main. Mina lui ouvre la porte.

— C'est vous qui avez téléphoné ? demande-t-il. Je viens pour la leçon de grammaire.

— Ce n'est pas pour moi, explique la petite chatte. C'est pour Mamie Ratus.

Et Mamie Ratus arrive. Elle a mis sa robe de mariée.

— Bonjour, mon bon monsieur Phisto, que vous me semblez beau !

Phisto redresse la tête et sourit en se passant la main dans les cheveux.

— Je veux bien vous épouser, dit Mamie Ratus.

Phisto est stupéfait : 29

— Quoi ? Mais… je suis juste venu pour une

leçon de grammaire…

— Qu'il est malin ! roucoule Mamie Ratus. Il fait semblant de ne pas s'intéresser à ma fortune…

— À votre fortune ? demande Phisto.

— Eh oui ! dit Mamie Ratus, je suis très riche. Ce château est à moi, et aussi le parc et la forêt. J'ai eu plusieurs maris qui m'ont tous laissé un bon héritage… Il me faut trois coffres-forts pour ranger tous mes sous !

Phisto fronce les sourcils. Plusieurs maris ? C'est mauvais signe. Heureusement, Mamie Ratus n'a pas dit combien il y en avait eu. Plusieurs héritages ? Ça, c'est bon signe. Phisto réfléchit :

— C'est vrai qu'elle a l'air riche… et si la femme est riche, le mari est forcément riche…

Alors, il déclare à haute voix :

— Je veux bien vous épouser, Mamie Ratus.

— Merveilleux ! dit la grand-mère rate.

Et elle l'entraîne vers le salon.

— Puisque vous êtes écrivain, écrivez-moi un poème, demande Mamie Ratus. Juste un petit poème.

— Un poème ? demande Phisto, étonné.

— J'ai ouvert votre livre *J'aime la grand-mère*,

Pourquoi Phisto accepte-t-il d'épouser Mamie Ratus ?

mais c'est trop compliqué. Je veux un poème… S'il vous plaît, inventez-moi un poème…

Phisto est très embarrassé. Il n'a jamais écrit de poèmes tout seul. Et, en plus, il fait des fautes d'orthographe ! Si jamais Mamie Ratus s'en aperçoit…

— C'est qu'on ne trouve pas les idées si facilement que ça ! Demain, je vous en apporterai un…

— Je veux un poème tout de suite, répète Mamie Ratus, d'un ton impatient.

Phisto se souvient d'une poésie qu'il a apprise à l'école, quand il était petit. Il dit d'une voix hésitante :

Mémé, allons voir… si la rose
Qui ce matin… était éclose… euh…
N'a pas besoin… euh… que je l'arrose.

— Comme c'est beau ! s'extasie Mamie Ratus. 31

À ce moment, Marou, Mina et Ratus entrent,
accompagnés d'un vieux notaire qui a l'air pressé : 32

— Alors, ce contrat, c'est pour qui ? On le signe ou on ne le signe pas ?

Phisto s'approche du notaire et lui chuchote à l'oreille :

— Elle est vraiment très riche ?

— Oh ! là ! là ! fait le notaire. Elle ne sait pas quoi faire de son or tellement elle en a… Imaginez plutôt…

Et Phisto imagine. Il n'écoute plus le notaire. Il rêve déjà à la voiture de sport qu'il va pouvoir s'acheter :

— …ses douze maris lui ont laissé chacun un héritage…

Mais Phisto n'entend pas. Il choisit déjà la couleur de sa future voiture.

— Je signe ! déclare-t-il, sûr de faire une bonne affaire.

À Ratefontaine, c'est le notaire qui s'occupe des mariages. Il fait signer un contrat et cela suffit !

— Vous voilà mariés, déclare-t-il.

— Vive le nouveau mari de Mamie Ratus ! crient Marou et Mina.

— Pour Phisto, hip hip hip, hourra ! hurle le rat vert.

Belo et Victor applaudissent très fort.

Pour le mariage de Mamie Ratus, les fantômes ont obtenu l'autorisation de sortir le jour. Ils se sont cachés dans le jardin, derrière les massifs de fleurs,

et ils assistent au repas de noce. Ils auraient bien
mangé, eux aussi, mais les fantômes n'ont plus de
tube digestif, c'est bien connu, et ils ne peuvent 33
rien avaler.

— Je me souviens du camembert, dit l'un d'eux. Quel délice !

— Et les pâtes avec du gruyère, tu te rappelles ?

Tout à coup, au milieu de leurs rêveries, les fantômes entendent une voix énergique qu'ils connaissent bien :

— C'est bien beau de manger, mais il faut que quelqu'un lave la vaisselle ! Allez, mon treizième mari, à l'évier !

Phisto n'en croit pas ses oreilles :

— Treizième mari ? C'est moi, le treizième mari ?

— Eh oui ! dit Mamie Ratus.

— Mais je ne veux pas ! hurle Phisto. Le chiffre 13, ça porte malheur !

— Trop tard, dit Mamie Ratus. Allez, file laver la vaisselle !

Dehors, les fantômes rient de bon cœur :

— Et ce n'est pas fini ! prévoit le vieux fantôme. Quand Mamie Ratus va découvrir que c'est un faux écrivain…

Que fait Phisto après le repas ?

— … et qu'il fait des fautes d'orthographe ! ajoute le fantôme instituteur, ravi de sa vengeance.

À l'intérieur de la maison, le pauvre grammairien proteste :

— Mais je ne sais pas faire ! Je n'ai jamais lavé une assiette… Je ne sais rien faire de mes doigts ! C'est ma maman qui lavait la vaisselle, chez moi… La vaisselle, c'est un travail de femme !

Là, Mamie Ratus voit rouge. Elle prend une douzaine d'assiettes sales et les jette dans les bras de Phisto qu'elle pousse brutalement dans la cuisine.
Tout penaud, le pauvre homme est obligé de trem- 34
per ses mains dans l'eau grasse.

— Dépêche-toi ! crie Mamie Ratus. Après, il faut réparer les prises du couloir. Je crois bien qu'il y a
un court-circuit. 35

Puis elle ajoute :

— Comme tu es le mari numéro 13, tu feras très attention de ne pas mettre les doigts dans la prise. Sinon, tu deviendras le treizième fantôme…

10

C'est la dernière nuit de Ratus chez sa grand-mère. À minuit, lorsque les fantômes arrivent, ils sont treize !

— Tiens, il y a un nouveau ? demande le rat vert.

— C'est Phisto, explique le vieux fantôme. Il a mis les doigts dans la prise, ce maladroit. Hé ! le nouveau, viens là !

Un fantôme s'avance lentement, la tête basse, comme un élève qu'on aurait puni. Ratus récite la formule magique :

— Hakounamatata ! Si tu es un fantôme, polépolé ! réponds à ma question…

Puis il demande gentiment :

— Tu n'as pas voulu rester avec ma grand-mère ?

Le nouveau fantôme ne répond pas.

— J'ai pourtant récité la formule magique ! dit Ratus.

— Ça ne sert à rien, dit le fantôme instituteur.

— Il n'a pas le droit de parler, ajoute le vieux fantôme.

Les autres fantômes hochent la tête.

— Et pourquoi ça ? demande Ratus.

— Il est puni…

— Il a fait quelque chose de grave ? demande Mina.

— Oh, oui ! dit le vieux fantôme. De son vivant, il faisait la leçon à tout le monde, sans arrêt. Et il se croyait toujours le plus malin…

Le fantôme instituteur regarde le pauvre Phisto avec sévérité.

— Et ce n'est pas tout ! ajoute-t-il. Il faisait même réciter des conjugaisons et des règles de grammaire aux enfants…

— Et c'est grave ? demande Ratus.

Le fantôme instituteur continue :

— C'est très grave, parce qu'il me les a fait réciter à moi aussi ! Et il m'en a même fait copier une cinquante fois !

Le fantôme instituteur en frémit encore de colère et l'on voit son drap trembler.

— Il est puni pour longtemps ? demande le rat vert.

Qui est devenu
le treizième fantôme
de Mamie Ratus ?
37
38
39
40

— Cent sept ans ! dit le vieux fantôme. C'est sévère. Mais ça lui laissera le temps de réfléchir.

— Ça ne fait pas notre affaire, grogne le fantôme ronchon. Maintenant, nous sommes treize et c'est un mauvais nombre.

— Il faudrait le ressusciter, propose un autre. On 37
le renverrait à Mamie Ratus et on serait à nouveau douze.

On voit alors le fantôme de Phisto qui s'agite. Ratus lui tend une feuille, un crayon, et le fantôme écrit :

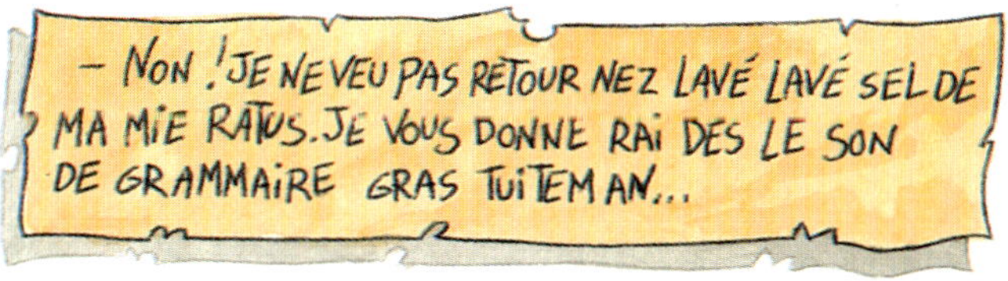

— Tu nous feras faire des conjugaisons et des dictées ? demande le fantôme instituteur.

Sans réfléchir, Phisto secoue son drap pour faire « oui » de la tête. Les autres fantômes en ouvrent des yeux tout ronds.

— Il est fou ! dit le vieux fantôme.

— Il est fou ! reprennent tous les fantômes en chœur.

La révolte gronde à l'idée de conjuguer et de faire des dictées au lieu de s'amuser, de bavarder et de se promener. Un frisson de colère agite les draps des fantômes. Ils se précipitent sur Phisto, l'attrapent, l'enferment à double tour dans un tiroir de la vieille commode, puis jettent la clé dans les hautes herbes du jardin.

— Ouf ! soupirent les fantômes. Nous voilà douze à nouveau.

— Il était vraiment insupportable, celui-ci ! dit le vieux fantôme. Maintenant qu'il est dans le tiroir, il nous laissera tranquilles…

Là-dessus, les fantômes saluent Ratus et ses amis, puis disparaissent dans la nuit.

Le lendemain, dès l'aube, Victor s'est installé au volant de sa voiture. Belo a déjà attaché sa ceinture de sécurité. Ratus, Marou et Mina se penchent par la vitre arrière pour faire une dernière bise à Mamie Ratus. La pauvre grand-mère rate est dans tous ses états :

— Quelle histoire, ce treizième mari ! Le pire de tous ! Au moins, les autres étaient utiles : il y en a un qui me faisait des gâteaux, un qui me cousait des robes, un qui s'occupait de mes économies, un qui écrivait mon courrier…

Belo se penche à l'oreille de Victor :

— Démarre vite ! Mamie Ratus risque de vouloir un nouveau mari quand elle va voir que sa pelouse a besoin d'être tondue !

Et dans la voiture qui s'éloigne, le grand-père chat se met à chantonner :

— Hakounamatata ! Si tu vas chez Mamie Ratus, polépolé, attention de n'pas l'épouser !

1

ni vu, ni connu
Personne n'en saura rien.

2

frissonner
Faire bouger légèrement. La nuit, les formes du jardin semblent bouger.

3

un **perron**

4

méfiant
Qui n'a pas confiance.

5

il **se tasse**
Ratus se met en boule pour se faire tout petit.

6

une **mauviette**
Personne qui n'a pas de force. Mamie Ratus se moque du rat vert.

7

émerger
Sortir d'un liquide. Dans l'histoire, sortir de la soupe.

8

apprivoiser
Rendre moins sauvage, moins dangereux. Devenir des amis.

9

reprendre de l'assurance
Ratus redevient sûr de lui. Il reprend confiance, il a moins peur.

10

en **chœur**
Tous ensemble.

11

projeter
La lumière de la lune envoie l'ombre des meubles sur le mur.

12

onduler
Bouger doucement, en faisant des ondes.

13

hululer
Crier, en parlant des oiseaux de nuit.

14

à la **queue leu leu**
Les uns derrière les autres.

15

un ton **résigné**
À sa voix, on comprend qu'il accepte sans se plaindre quelque chose qui n'est pas agréable.

16

ses **collègues**
En principe, des **collègues** ont le même métier.
Ici, ses collègues sont les autres fantômes.

17

le ton **monte**
Les fantômes parlent de plus en plus fort.
Ils s'énervent.

18

se **chamailler**
Se disputer sans raison sérieuse.

19

incrédule
On voit que Mina ne croit pas ce que Ratus raconte.

20

exceptionnel
Extraordinaire. Un mari exceptionnel est supérieur à tous les autres maris.

21

une **cacophonie**
Ensemble de voix désagréable à entendre. Les fantômes parlent tous en même temps et on ne comprend rien à ce qu'ils disent.

22

martyriser
Faire souffrir.

23

fuser
Partir, jaillir.

24

soupçonneux
Mina ne croit pas ce que dit le fantôme. Elle pense qu'il lui cache quelque chose.

25

des **instructions**
Des explications, des ordres à suivre.

26

un **post-scriptum**
Ce que l'on ajoute après avoir signé une lettre.

27

ravi
Très content.

28

un **grammairien**
Personne qui étudie la grammaire.

29

stupéfait
Très, très étonné.

30

un **héritage**
Ce qu'une personne laisse à une autre personne après sa mort.

31

s'extasier
Manifester sa joie,
son admiration,
son émerveillement.

32

un **notaire**
Personne qui reçoit et rédige les contrats importants et officiels (actes de vente d'une maison, contrats de mariage, par exemple).
Dans l'histoire, le **notaire** de Ratefontaine marie Mamie Ratus et Phisto. En France, c'est le rôle du maire.

33

le **tube digestif**
Tous les conduits où passent les aliments que nous mangeons, pour qu'ils soient digérés.

34

penaud
Gêné, honteux.

35

un **court-circuit**
Un **court-circuit** se produit lorsque deux fils électriques se touchent, alors qu'ils ne doivent pas le faire. Un court-circuit peut provoquer des accidents graves.

36

faire la leçon
Dire aux autres comment ils doivent agir, faire la morale.

37

ressusciter
Redevenir vivant après être mort.

Les aventures du rat vert

- 1 Le robot de Ratus
- 3 Les champignons de Ratus
- 6 Ratus raconte ses vacances
- 8 Ratus et la télévision
- 15 Ratus se déguise
- 19 Les mensonges de Ratus
- 21 Ratus écrit un livre
- 23 L'anniversaire de Ratus
- 26 Ratus à l'école du cirque
- 29 Ratus et le sapin-cactus
- 36 Ratus et le poisson-fou
- 40 Ratus et les puces savantes
- 1 Ratus chez le coiffeur
- 2 Ratus et les lapins
- 9 Ratus aux sports d'hiver
- 13 Ratus pique-nique
- 23 Ratus sur la route des vacances
- 27 La grosse bêtise de Ratus
- 38 Ratus chez les robots
- 41 Ratus à la ferme
- 46 Ratus champion de tennis
- 8 La classe de Ratus en voyage
- 12 Ratus en Afrique
- 16 Ratus et l'étrange maîtresse
- 26 Ratus à l'hôpital
- 29 Ratus et la petite princesse
- 31 Ratus et le sorcier
- 33 Ratus gardien de zoo

Les aventures de Mamie Ratus

- 7 Le cadeau de Mamie Ratus
- 39 Noël chez Mamie Ratus
- 3 Les parapluies de Mamie Ratus
- 8 La visite de Mamie Ratus
- 31 Le secret de Mamie Ratus
- 5 Les fantômes de Mamie Ratus

Ralette, drôle de chipie

- 10 Ralette au feu d'artifice
- 11 Ralette fait des crêpes
- 13 Ralette fait du camping
- 18 Ralette fait du judo
- 22 La cachette de Ralette
- 24 Une surprise pour Ralette
- 28 Le poney de Ralette
- 38 Ralette, reine du carnaval
- 4 Ralette n'a peur de rien
- 6 Mais où est Ralette ?
- 20 Ralette et les tableaux rigolos
- 44 Les amoureux de Ralette
- 48 L'idole de Ralette
- 11 Ralette au bord de la mer
- 34 Ralette et l'os de dinosaure

Collection Ratus Poche

Les histoires de toujours

- 27 Icare, l'homme-oiseau
- 32 Les aventures du chat botté
- 35 Les moutons de Panurge
- 37 Le malin petit tailleur
- 41 Histoires et proverbes d'animaux
- 26 Le cheval de Troie
- 32 Arthur et l'enchanteur Merlin
- 36 Gargantua et les cloches de Notre-Dame
- 43 La légende des santons de Provence
- 49 Les malheurs du père Noël
- 21 L'extraordinaire voyage d'Ulysse
- 27 Robin des Bois, prince de la forêt
- 36 Les douze travaux d'Hercule
- 40 Les folles aventures de Don Quichotte

Super-Mamie et la forêt interdite

- 42 Super-Mamie et le dragon
- 43 Le Noël magique de Super-Mamie
- 44 Les farces magiques de Super-Mamie
- 39 Super-Mamie, maîtresse magique
- 42 Au secours, Super-Mamie !
- 45 Super-Mamie et la machine à rétrécir
- 37 Le mariage de Super-Mamie
- 39 Super-Mamie s'en va-t-en guerre !

L'école de Mme Bégonia

- 11 Drôle de maîtresse
- 14 Au secours, le maître est fou !
- 16 Le tableau magique
- 25 Un voleur à l'école
- 33 Un chien à l'école
- 47 Bonjour, madame fantôme !

La classe de 6e

- 14 La classe de 6e et les hommes préhistoriques
- 17 La classe de 6e tourne un film
- 24 La classe de 6e au Futuroscope
- 30 La classe de 6e découvre l'Europe
- 35 La classe de 6e et les extraterrestres
- 42 La classe de 6e et le monstre du Loch Ness
- 44 La classe de 6e au Puy du Fou

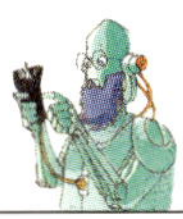

Achille, le robot de l'espace

- 31 Les monstres de l'espace
- 33 Attaque dans l'espace
- 34 Les pirates de l'espace
- 19 Les pièges de la cité fantôme

Collection Ratus Poche

Baptiste et Clara

- 30 Baptiste et le requin
- 35 Baptiste et Clara contre le vampire
- 37 Baptiste et Clara contre le fantôme
- 40 Clara et la robe de ses rêves
- 22 Baptiste et Clara contre l'homme masqué
- 32 Baptiste et le complot du cimetière
- 38 Clara superstar
- 41 Clara et le garçon du cirque
- 43 Clara, reine des fleurs

Les enquêtes de Mistouflette

- 9 Mistouflette et le trésor du tilleul
- 30 Mistouflette sauve les poissons
- 34 Mistouflette et les chasseurs
- 5 Mistouflette et les tourterelles en danger
- 24 Mistouflette enquête au pays des oliviers
- 1 Mistouflette contre les voleurs de chiens
- 7 Mistouflette et la plante mystérieuse

Hors séries

- 2 Tico fait du vélo
- 4 Tico aime les flaques d'eau
- 5 Sino et Fanfan au cinéma
- 12 Le bonhomme qui souffle le vent
- 25 Sino fête son anniversaire
- 7 Mon copain le monstre
- 19 Le petit dragon qui toussait
- 28 Nina et le vampire
- 2 Les malheurs d'un pâtissier
- 3 Karim et l'oiseau blanc
- 4 Timothée et le dragon chinois
- 6 Le facteur tête en l'air
- 9 Romain, graine de champion
- 10 Le trésor des trois marchands
- 15 Une nuit avec les dinosaures

Conception graphique couverture : Pouty Design
Conception graphique intérieur : Jean Yves Grall • mise en page : Atelier JMH

Imprimé en France par Pollina s.a., 85400 Luçon - n° 95806
Dépôt légal n° 30566 - Février 2005